我街道 我香港

漫畫版

微物情歌

柳廣成●繪

原 著●王樂儀、周漢輝、洪昊賢、梁莉姿、黃裕邦、

楊彩杰、蔡炎培、鄧阿藍（依姓氏筆畫序）

編者序

鄧小樺

離散時代的香港街道念想

在台灣推動香港社區書寫的漫畫改編。我仍然像是在做與之前一樣的事，但立足之地不同了，就有些東西不同了——我的意思是，比如在異地看香港的電影，劇情還是其次，有時單單看到昔日熟悉的街景，就馬上淚盈於睫。這種對香港的感傷，是這個香港大離散時代的新產物。

《我香港，我街道》I 及 II，分別於 2020 年及 2021 年，由臺灣木馬文化出版；它是來自於香港文學生活館於 2016 年至 2019 年舉辦的「我街道·我知道·我書寫」計劃中所徵集邀約的文稿。我曾在《我香港》卷 I 的序言中寫過，策劃街道書寫的概念來自 2007 左右受香港市區重建衝擊而產生的保育運動，即所謂香港文學的「空間轉向，地誌書寫」；而它推行時，恰好遇上了 2014 年之後耕耘社區的香港本土意識蓬勃期，故有「以街道凝聚共同體」；到它出版的 2020 年，香港人又已對城市街道累積了堪稱極端的公共空間體驗；直到現在的大離散的時代，「以街道凝聚共同體」，究竟是一個更接近不可能的想法，還是唯一可能的方式？

總之，我覺得需要為香港街道造像，蘸著離散的淚水。作為一個並不常在街上逛的人，我是這樣把街道帶在我身邊。

　　懷著離散感傷，我邀請以細緻鉛筆風格著稱、也是離散在外的漫畫家柳廣成，在兩本《我香港，我街道》中自選八篇作品來作改編。在各種狂風急趕之下，就有了現在這本《我香港，我街道（漫畫版）——微物情歌》。 不過當看到柳廣成交來的作品時，我就明白「感傷」可能是我這中年人一廂情願的想像——柳廣成乃以其漫畫家的專業觸角，著眼於香港街道的慾望皺摺與陰影部分，通過其寫實而魔幻之風格化描繪及改編（如王樂儀〈城南道夏娃〉作了相當大幅的改編），本書中呈現的是動態鮮活的街道故事（而非感傷回憶的靜態勢素描造像），而且引領我們繼續追問某些問題：這是誰的街道？甚麼人的故事？再推一步，這是怎樣的香港？

　　柳廣成的畫筆所聚焦的，是社會底層的香港。這些人物住在舊區、唐樓、公屋，收入不高，沒有體面的工作，不曾展現出超凡的意義，受到衝擊時甚至脆弱不堪，連與周圍的人好好溝通都未必能夠；然而，在柳廣成筆下，他們最平常的姿態，都已可透現其精神特質。這就是「造像」的意義。柳廣成所選擇的，不少是九十後青年作家的故事，他說與這些具有邊緣氣質的作者感受相通，因為遭遇相近。

　　同時，柳廣成筆下的基層香港，細看起來卻十分國際化地混雜。這不僅是說九龍城的泰國人、深水埗的南亞人、並置香港德輔道與法國祝願道等等較浮面的表徵，我們更可觀察到在形式上，柳廣成引入日本怪談漫畫的形式，去為

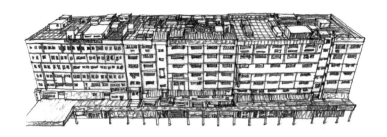

觀塘區的蛇王及重建議題尋找隱喻；兩篇基層主題的詩作，周漢輝的〈幸福與詛咒——致屯門河傍街〉及鄧阿藍的〈呼呼青山道青山公路〉，則由原作的細緻緩慢風格，轉為引入超現實主義與未來主義的畫法，荒誕性增加了視覺衝擊。這些國際性特質，並不是外面光鮮的表層包裝，而是最基礎最核心的組成部分，最內核處的他者。

常見的香港象徵，如港督、明星如張國榮，在柳廣成筆下都有變形，電車也要飛天。改編詩作，給予柳廣成在畫框格子之間有更大的跳躍空間。這種變形讓柳廣成的畫風再寫實也不流俗。

整體看來，柳廣成作為離散的香港藝術家，並沒有重繪回憶的包袱，他仍然把香港視為一個起點，可以不斷向外延伸變化，結合他物重組，成為新的事物。回想起來，香港總是在變化，並不應固著於某一時刻的香港；只須在面對變化之時，追問如何將驟變化為創造性的時刻——那關鍵，當在於我們須以創造作為誡命。不要放棄任何創造的機會。

宏大的結構散架崩塌，破碎支離之間，尚有微物之光閃爍——遂放任自流，乃有生命滋長。《我香港，我街道》中的街道文學作品，經過漫畫改編之後，如果能夠讓在異地長大的香港孩子，體會到香港其實真是個有趣的地方，就已經很有意義了。

我香港，我街道（漫畫版）——微物情歌

CONTENTS 目 錄

〔城南道夏娃〕

原著／王樂儀

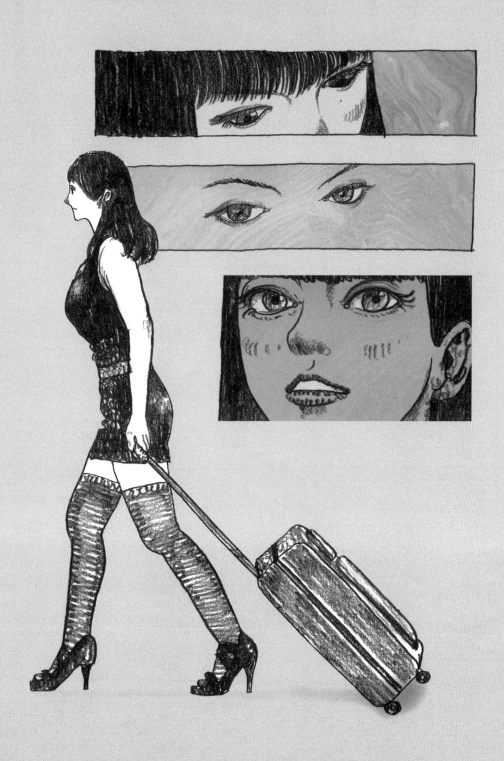

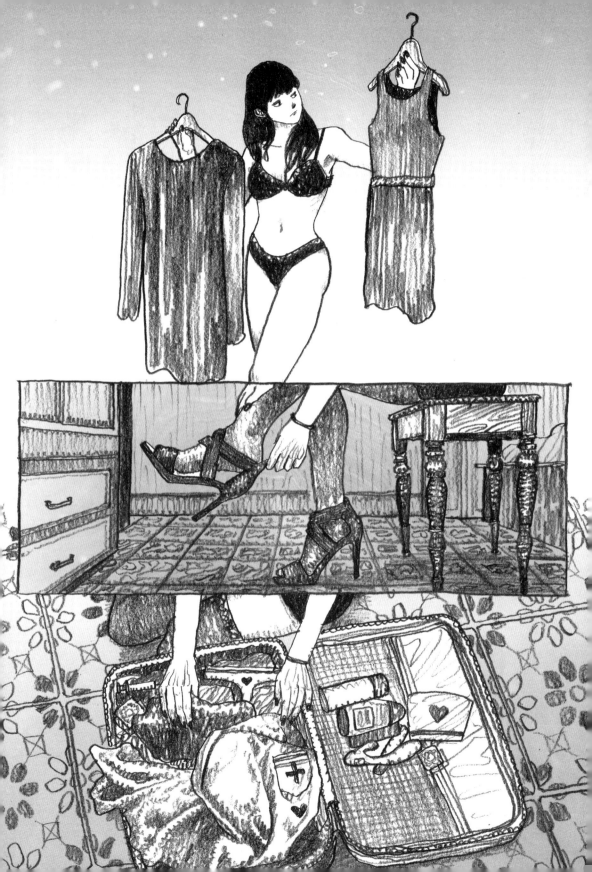

好。
出發。

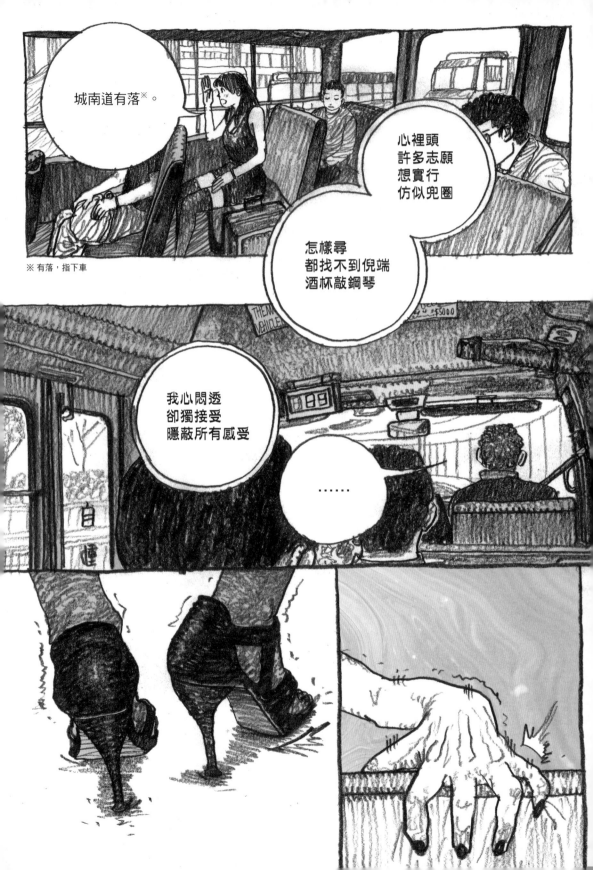

※ 有落，指下車

阿B！

!!?

你怎麼會
認識我？

沒有呀…
剛才聽人家說，
你是做搬運的…

還心想，
早知道找你
幫我搬東西
還比較好…

便宜那麼多
…咦？

※ 潮語，「你怎麼臉都紅了？」

你做乜紅都
面曬※嘅？

還習慣這裡嗎？

謝謝。
習慣呀。

阿 B 最近有沒有光顧你呀？

我看他整天眼巴巴看著你。

沒有欸…

不過那個傢伙整天站在我門口外面。

像是想要光顧，但又害羞。

※ 雞，指妓女，即做妓女和召妓。

害羞？他尷尬而已吧…這裡每個人都知道誰做雞叫雞※的啦！光天化日下沒有秘密！

今天花了太多…嘖！

跟你做要花六百，他接一個單才三百，快到新年他又要寄錢回家鄉…還要學人家養狗。哪有時間跟你搞…

37

超！
講呢啲※。

我也想多賺一
點呀，那誰來
體諒我？

……

※靠！講這種幹話。

大家不過是
找餬口飯吃
而已。

辛苦了…

彼此彼此。

41

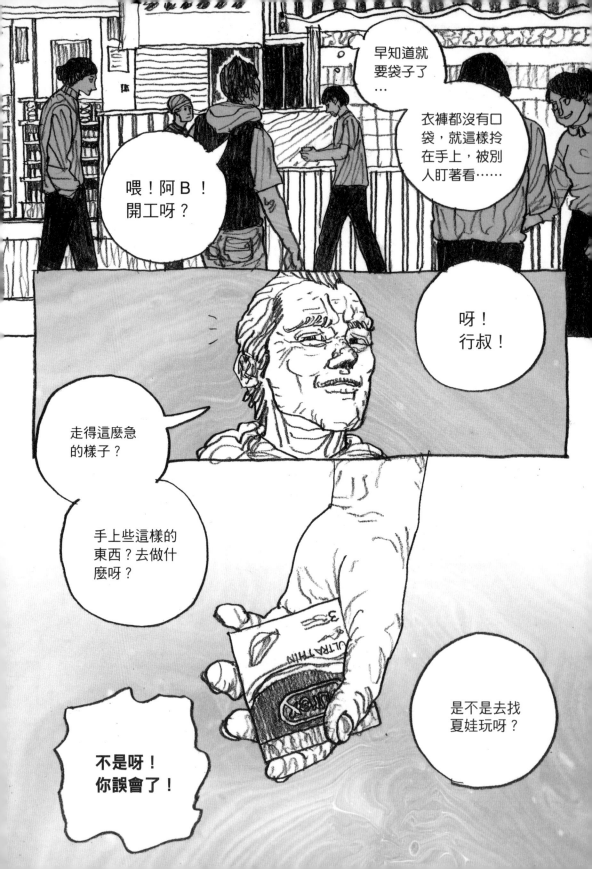

那個下午之後，

阿 B 就很少出現在那幢樓了。

〔我愛你愛你愛你不顧一切〕

原著／黃裕邦

該說的不說了，
你懂得的

像個望上爐的花蕾，
或綿羊

揹著的馬鞍。

至於綿羊是否走私得來,
我們下次再說。

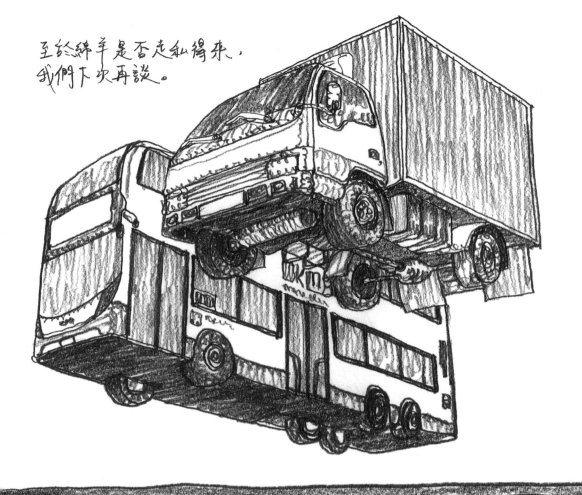

隧巴上一個女人對她朋友說:

我第一首識唱既係Monica,

但佢後來扮女人,
著高踭鞋

個啲我唔鍾意。

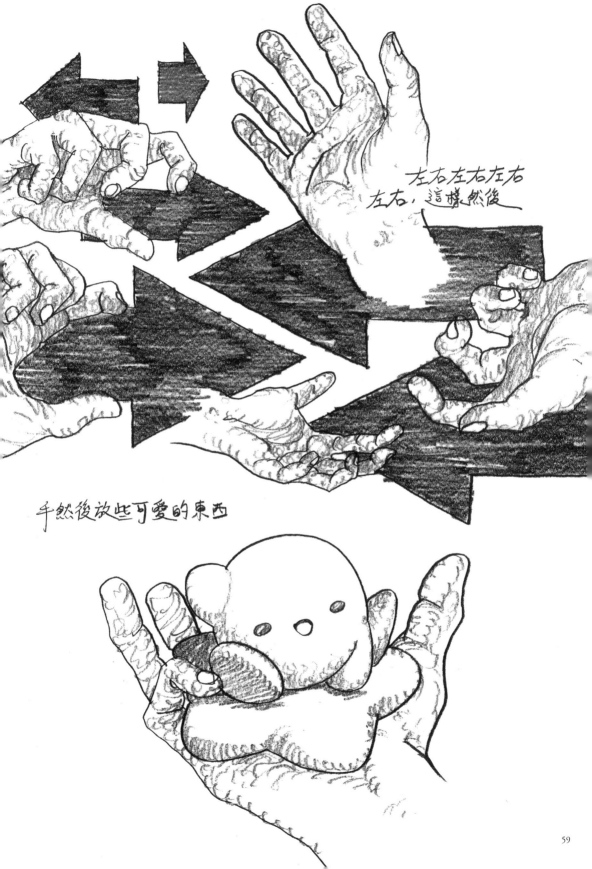

左右左右左右
左右,這樣然後

手然後放些可愛的東西

在你那裏
手然後可以很快很霸道地喜歡

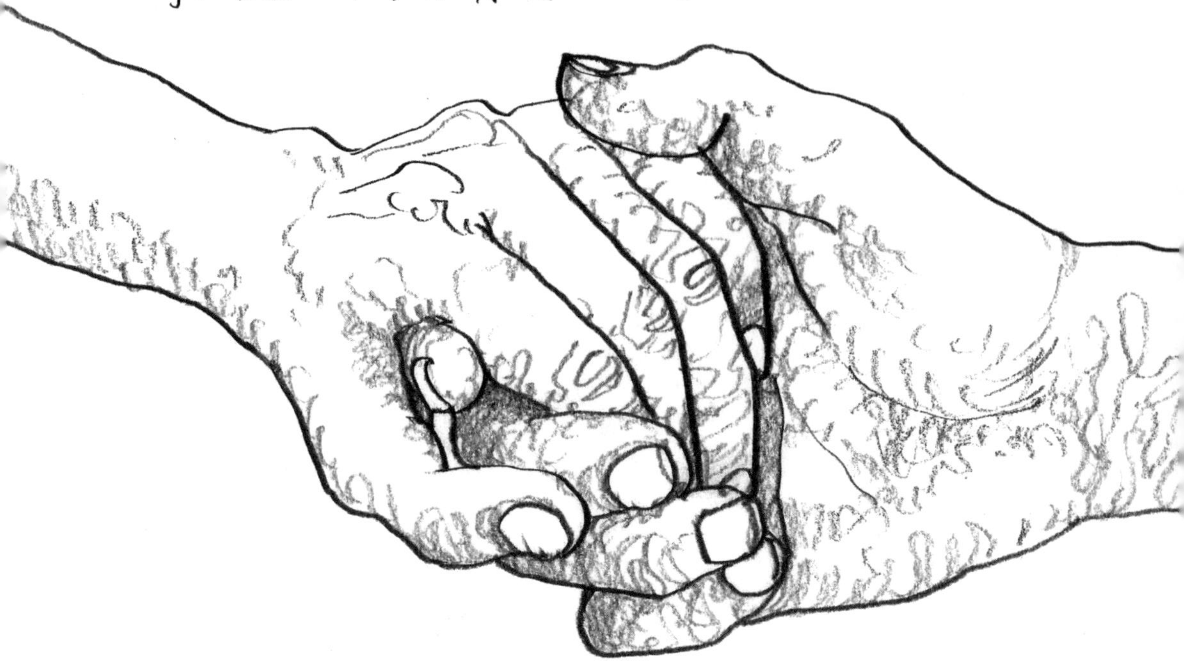

手有良心

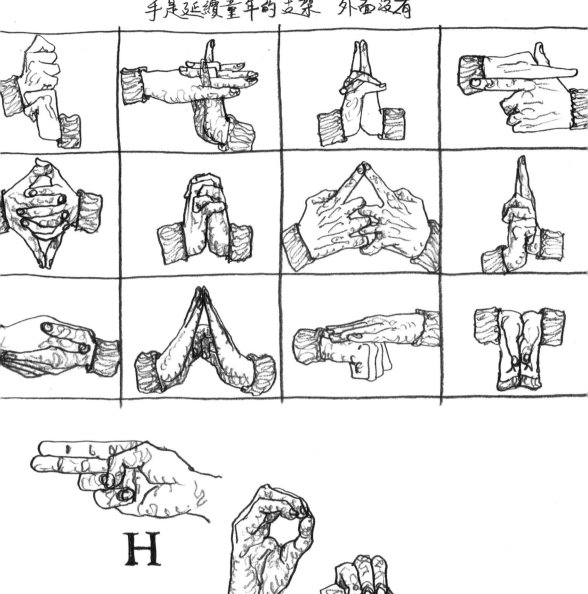

H

O

M

E

下雪
手在家中

找東西
我到了
跑掉

手拿着童年時
就開始食的時時食

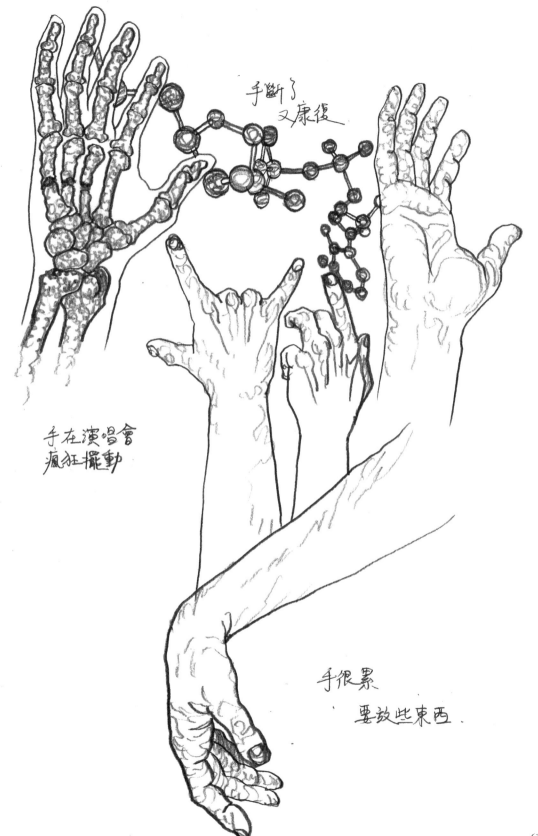

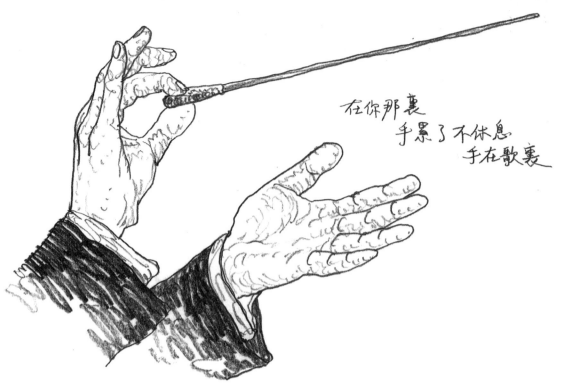

在你那裏
手累了不休息
手在歌裏

常常踫上藉口 / 理由 / 外頭 / 手沒有很喜歡

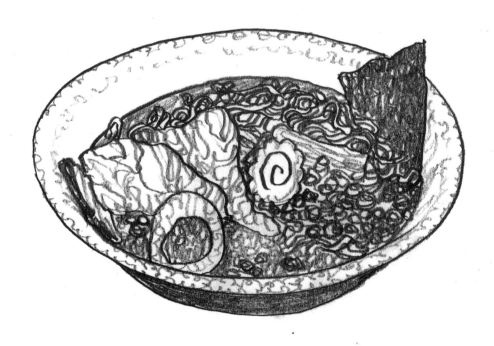

外頭 / 手通常在演唱會之後就去吃拉麵。

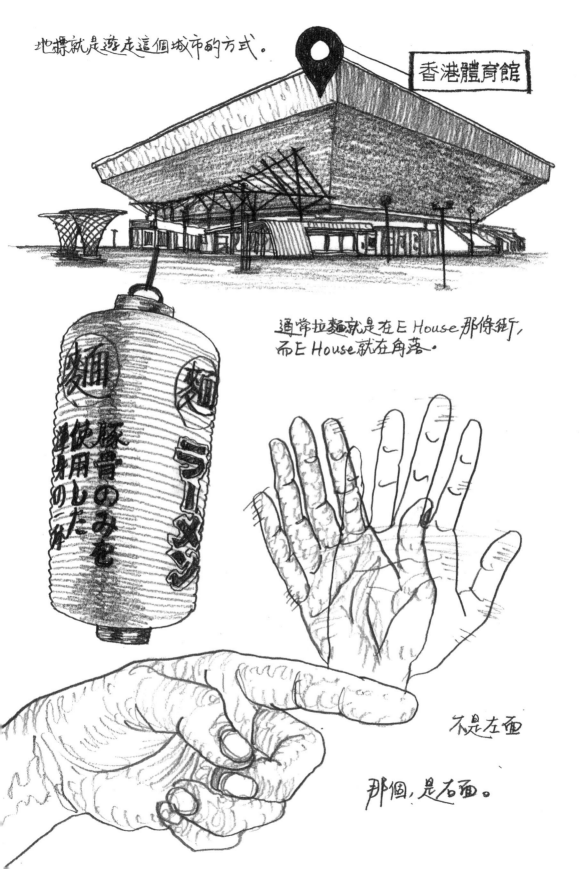

地標就是遊走這個城市的方式。

香港體育館

通常拉麵就是在 E House 那條街，
而 E House 就在角落。

不是左面

那個，是右面。

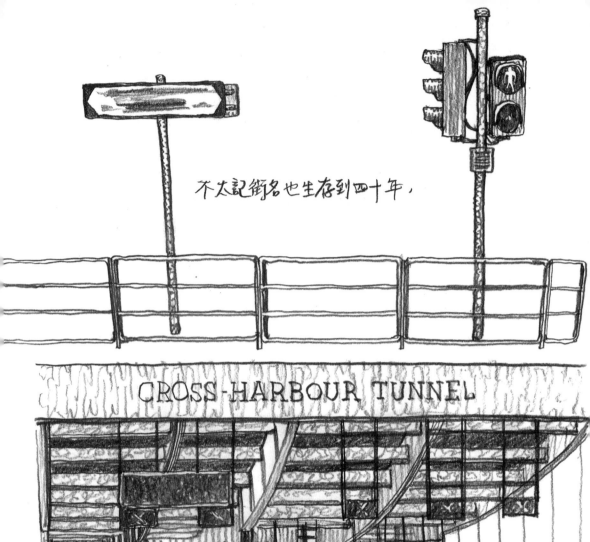

不太記街名也生存到四十年,

CROSS-HARBOUR TUNNEL

Cheong Wan Road
暢運道

這城市很多地方也是沒有街名。
譬如隧道口。

紅館那條叫暢運道。

我們 / 不再 / 當好境不再

我們來聽聽 /
來聽聽那個女人

還說他在文華做的事令她好失望

還有羅文/

還有陳百強/

她反覆跟地每個朋友說
同一番道理/
好境不再時我們聽着
同一番大道理/還有.

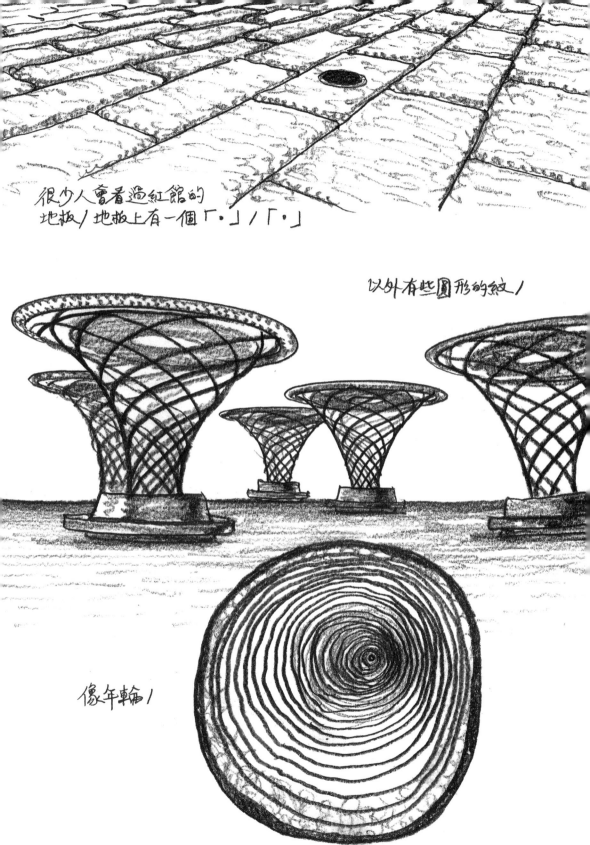

很少人會看過紅館的
地板！地板上有一個「·」/「·」

以外有些圓形的紋！

像年輪！

我夢見一顆
很大的彈珠 / 在股市跌停板的那一天

在紅館內滾動 / 粉碎了

場館內的圓柱（對，
紅館內是沒有柱的）/ 除了我

沒有人知道紅館會倒塌 / 沒有歌手
在綵排 / 也沒有人

信我 / 信任是見到牙齒潔白

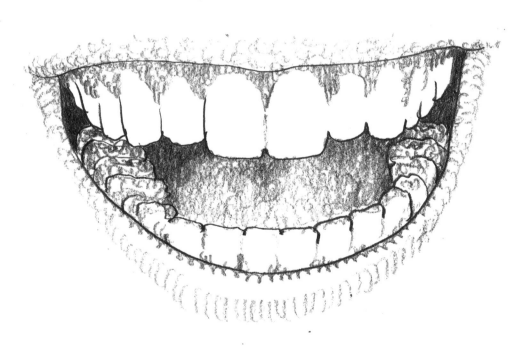

就完全覺得它是顆好牙齒的
一個狀態。

不愛看男人

穿高蹄鞋是因為有宮廷劇可以看！

因為有男人
在呃蝦條！

因為房間有一扇窗/

窗沒有窗花/窗花不用澆水/因為身體
可以輾轉反側/

麻將可以
有記憶力／不用理會廚房的要求／

外賣

Tel: 2720 0120 Fax: 2720 0720
@ 帳身郵印 @

料號。
工作人員   : 25   嗖爭飛   :011

1 20:05 豆腐火腩飯
1 20:05 凍奶茶

小計.   32.0
                         8.0

                        40.0
                        40.0

HERE付款

一味吃外賣便好了／即棄餐具
和收據就是證據（我要
飛走，我要自由）／

那女人家裏應該供奉了一個觀音像/
保她闔家

眼睛明亮/
她每天會記得

記得買花／記得
記得對賣花的人微笑／
只可以微笑／

她不會破壞人家的早晨／

她最有個丈夫／
她會對他說：
幸福就是你睡在我身旁時
我比你早入睡／
她沒有害過人。

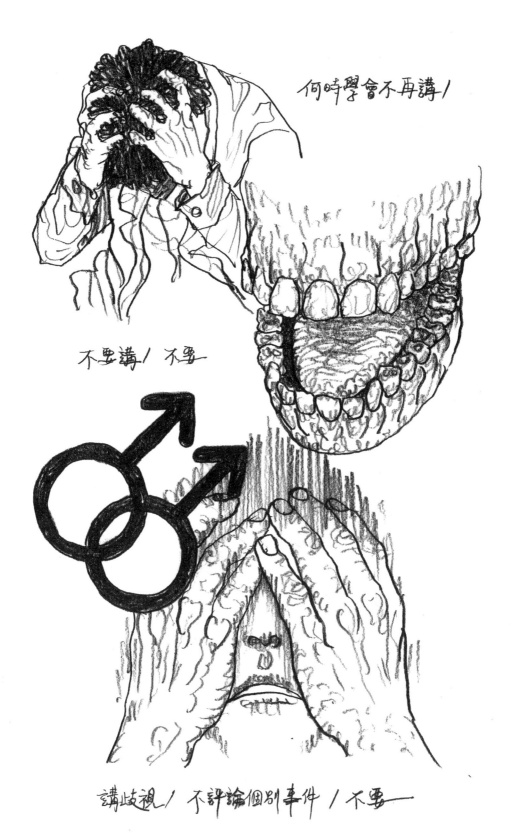

何時學會不再講/

不要講/ 不要

講歧視/ 不評論個別事件 / 不要——

J.G.BALLARD

CRASH

去看Crash /
看後不要讀Henry Giroux /

Henry
Global Television Network Chair
ooks Interviews Biography Links

e>Online Articles

m and the Aesthetic of Hyperreal Violence:
iction and Other Visual Tragedies

y A. Giroux

Social Identifies 1:2 (1995), PP. 333-359.

ema and the Culture of Violence
rican cinema has increasingly provided a site of c
lity" of black-on-black youth violence and for promotin
rance of straight-forward racist doctrine." Recent fil
N the Hood (1991), Juice (1992), Menace II Society (19
h (1994) have attracted national media coverage bec
emporary urban realities but also reinforce the
nd violence crime mutually define each other b
d aesthetic in which the city becomes the central
uthin particular, became agents of crime, patholog

他那篇講人人都會歧視的文章 / 不要

在意嘴巴上那女人的說話／不要

表達自己／不要

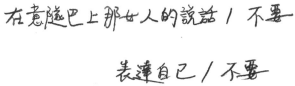

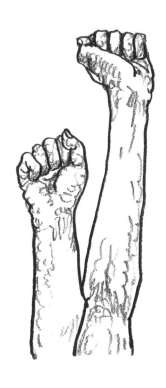

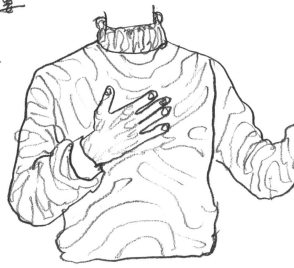

表達自己的權利／
不要自己／
不要介意

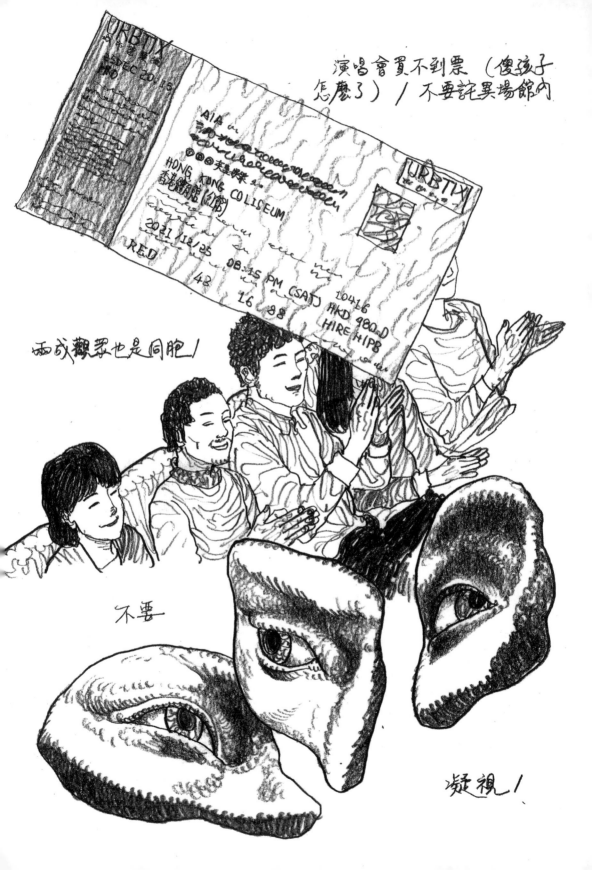

不要講時代變了！
不要！
不要刻意.

避免去看天皇天后級演唱會

不要在演唱會中從觀眾群找認同 / 不要群眾 / 不要

老記住在銅中旺的郊外通宵至到達旦

［祝願道］

原著／楊彩杰

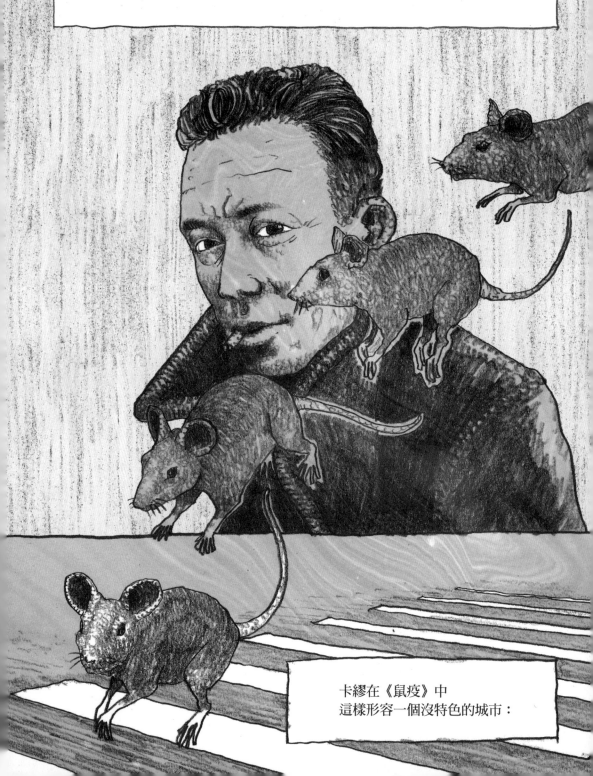

一條沒特色的街道是怎樣的呢？

卡繆在《鼠疫》中
這樣形容一個沒特色的城市：

怎麼能使人想像出一座
既無鴿子、又無樹木、更無花園的城市？

怎麼能使人想像在那裡⋯

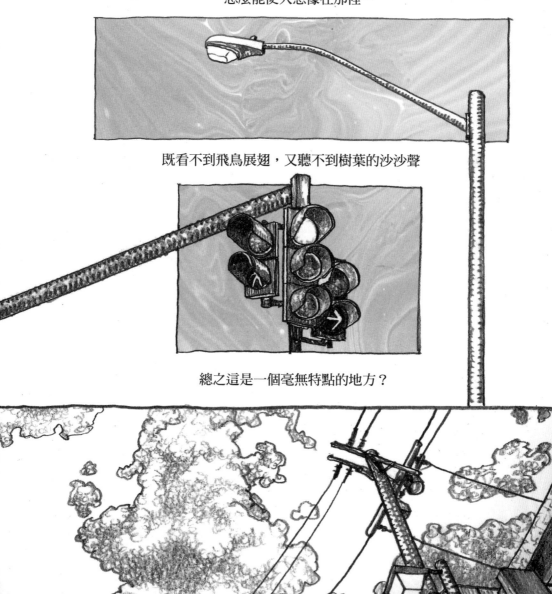

既看不到飛鳥展翅，又聽不到樹葉的沙沙聲

總之這是一個毫無特點的地方？

在這個城市裡，
只有觀察天空才能看出季節的變化。

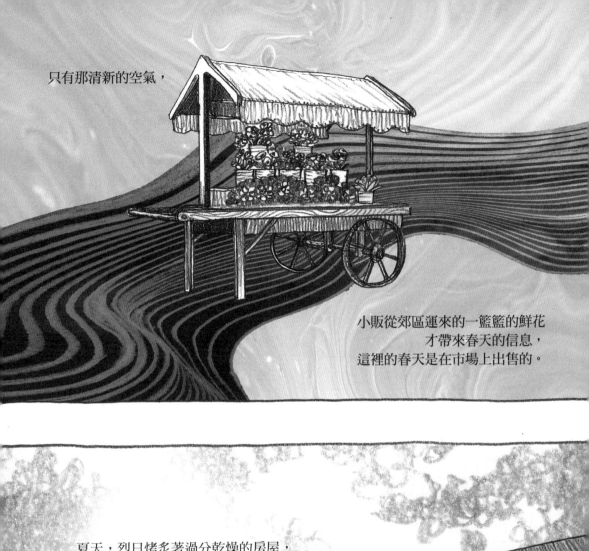

只有那清新的空氣，

小販從郊區運來的一籃籃的鮮花
才帶來春天的信息，
這裡的春天是在市場上出售的。

夏天，烈日烤炙著過分乾燥的房屋，
使牆壁蒙上了一層灰色的塵埃，

人們如果不放下百葉窗就無法過日子。

但到了秋天，

卻是大雨滂沱，下得滿城都是泥漿。

直到冬天來臨，才出現晴朗天氣。

巴黎近郊的聖佐治德輔道（Rue des Voeux Saint-Georges）

大概就是這樣一條街道。

這條街基本上是一條繞著新城勒魯瓦港（Port de Villeneve Le Roi）的工業街道。

沒有最顯出巴黎特色的
林蔭大道和豪斯曼式樓房，
沒有成群的鴿子掠過。

更看不見這裡的人如何生活，

怎樣相愛   怎樣死去。

街上立著的最大建築物
有椅面窗簾維修店、

汽車維修廠、
軟管供應廠、船舶經銷商
和資源回收站之類。

而隔著這些工廠和商店的，
是幾塊長了野草和稀落樹木的空地。

四季的交替，只有觀察天空才能看得出來。

或許，
這條街道也曾在法國歷史留下一丁半點的痕跡。

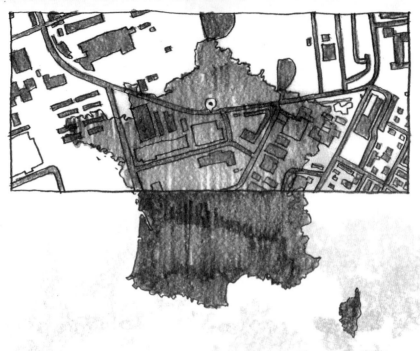

畢竟它所處的地區鄰近巴黎，
因而多次成為法國士兵抵抗外敵的戰地。

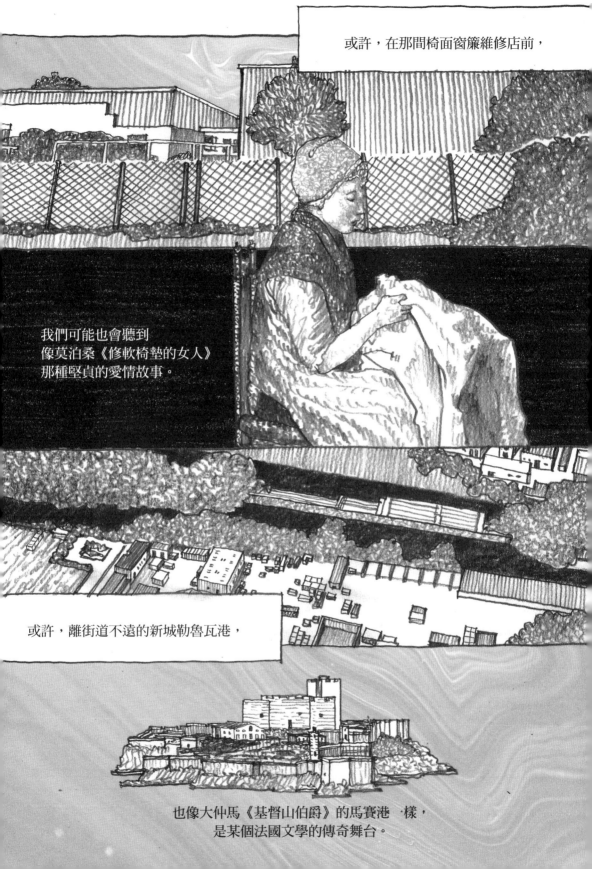

或許，在那間椅面窗簾維修店前，

我們可能也會聽到
像莫泊桑《修軟椅墊的女人》
那種堅貞的愛情故事。

或許，離街道不遠的新城勒魯瓦港，

也像大仲馬《基督山伯爵》的馬賽港一樣，
是某個法國文學的傳奇舞台。

單從街道的外貌來看，難以看見這些。

Des Voeux Road Central
285-257 德輔道中 251-237

同樣叫德輔道，香港的卻精彩得多。
先不論其他，它的名字便賦予它一定的獨特性。

「德輔道」可能是香港唯一一個
以法文命名的街道。

而德輔（Des Voeux）一詞，
是香港第十任港督——
一個祖上來自法國北部，
後來移居英國的人的家族姓氏。

德輔道西段，
其前身是「寶靈海旁西」；

日佔時期，被改名「昭和通」；

還有就是
它本身來自法國的名字。

單從名字的變化來看，
便能知道這條街道與香港的歷史緊密地扣在一起。

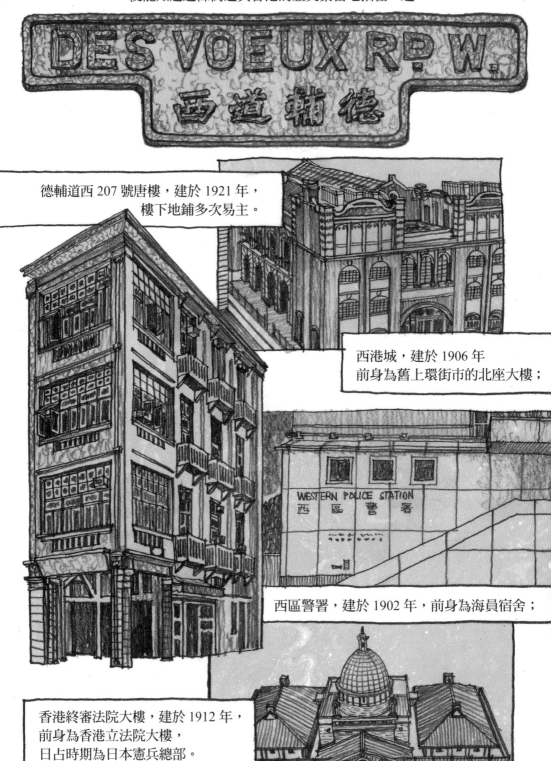

德輔道西 207 號唐樓，建於 1921 年，
樓下地鋪多次易主。

西港城，建於 1906 年
前身為舊上環街市的北座大樓；

WESTERN POLICE STATION
西 區 警 署

西區警署，建於 1902 年，前身為海員宿舍；

香港終審法院大樓，建於 1912 年，
前身為香港立法院大樓，
日占時期為日本憲兵總部。

這些歷史古跡，就和它們所身處的街道一樣。

都有各種各樣的前世今生。
都藏著說不盡的香港歷史故事。

巴黎近郊德輔道的盡頭，有一家庭宴會廳。

在這片盡是象徵工業文明與科技的現代性建築群中，有這麼一個擁抱傳統價值的空間，其對比很顯然。

未來主義的代表人物馬里內蒂——
他呼籲文學藝術要全面反對傳統，頌揚機器、技術、速度、暴力和競爭。
未來主義的詩人不厭其煩地歌頌船塢、工地、工廠、橋樑、飛機和勞動者。'

但這條街道上，
不同工廠傳出的機械聲、路上車
輛飛馳而過的聲音、船舶廠工人
的呼喝聲…

在那些未來主義的詩人聽來，
應該是世上最動聽的交響樂。

因為它象徵文明與進步。

而那個家庭宴會舞廳傳出來的古典樂曲，
大概是一種跟不上歷史節奏的錯調。

就像《傾城之戀》開首那支走了板的歌，那把跟不上生命的胡琴。

香港德輔道最特別的聲音，
可能就是電車的叮叮聲。

它自一九〇四年開始
便在港島北區海岸樂行走。

《胭脂扣》中的如花，三〇年代殉情，
八〇年代回魂來到陽間，說：

「我最熟悉的也只是電車。」

然而，二十世紀初象徵著
先進與現代的電車，

時隔五十年後
反倒成為懷舊情致的表現。

「電車還沒有來。也許它快要被淘汰了，故敷衍地悵惘地苟活著。」

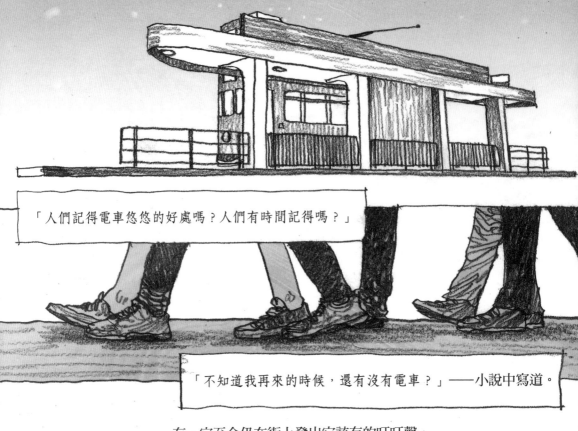

「人們記得電車悠悠的好處嗎？人們有時間記得嗎？」

「不知道我再來的時候，還有沒有電車？」——小說中寫道。

有。它至今仍在街上發出它該有的叮叮聲。
〈九十八歲的電車〉——劉以鬯於約二〇〇〇寫的散文。
他寫的就是電車的聲音。

「九十八歲的電車，不再用嘹亮的玎玎朗誦主體詩，」
「為了突出自己，決定在嘈雜的噪音中改吹喇叭。」

寫的就是香港回歸後，電車一度以「笛笛」聲代替「叮叮」聲一事。

德輔道，除了叮叮聲以外，海味乾貨也是特別的。
德輔道西一帶，海味批發與零售商店林立，
構成上環海味街的一部分。
不過，同樣作為香港傳統，叮叮聲和海味乾貨間，
在法國人眼中應該有評價上的差異。

前者應該是法國人喜歡的。
畢竟，自波特萊爾的《惡之華》
和《巴黎的憂鬱》一出，
巴黎人就某程度等同於漫遊者；
而叮叮便宜的車費與緩慢的節奏，
亦符合巴黎人的閒逛美學。

或許他們在電車上也吟著：
「也許你我終將行蹤不明」
「但你該知道我曾因你動情…我的心不為誰而停留」
「而心總要為誰而跳動」等詩句。

至於海味，
我曾於一個名為「法國人在香港」的網上群體內，看過一則帖文。
他們對香港人在街上曬海產不甚理解，
甚至認為是一種公然的示眾，把殘忍暴露於日光之下。

我想，法國人大概是無法體會香港老一代對海味的執迷了。

話說回來，
Des Voeux 在法文是個一常見的姓氏，
它同時亦是祝願的意思，如同英文的 Wishes。
所以，如果不用音譯而是意譯，
德輔道可以叫「祝願道」。

祝願什麼呢？

嗯。
祝願不論是這邊的精采或那邊的平靜生活，
都仍有一點攀愛的東西。

在這些平庸中 生活顯然已被虛度，
然還有這樣的日子
當每個街角把它自身轉換成
一個陽光照耀的驚奇、一幅畫或一個警句，
停靠在集市旁的獨木舟、港口的蔚藍、營房。
仍然有這麼多值得寫，都值得讚美。

——Derek Walcott《沒有還有》

〔石板街〕

原著／蔡炎培

你在陽台望著我
滿有笑眉風在泣

雲咸的門當與戶對

不像字畫文玩嚛囉街

你滿有會心望著我走下
長街是塊會跣腳的石板
一列書牆矗立街角
扶我唐璜是隻魚眉的夜鶯

中環碼頭在望
午間出廠的貨物報了關
手中書湧的人潮
卷帙浩繁踏正了下班

你的陽台住過風華正茂的真少女

今天我去探望徐娘半老的姨媽

〔蛻皮——觀塘・宜安街〕

原著／洪昊賢

當我經過裕民坊，
發現裕華大廈和國泰大樓這幾座廢墟
仍舊固執地矗立在市中心

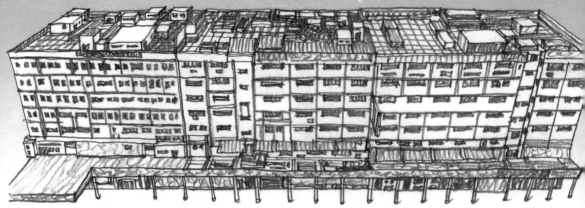

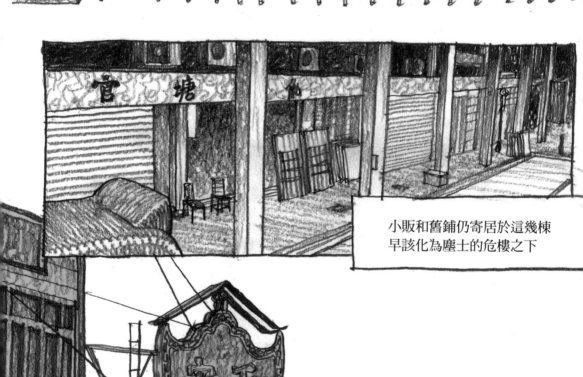

小販和舊鋪仍寄居於這幾棟
早該化為塵土的危樓之下

我逐漸明白「重建」
也許是個漫長而持久的謊言。

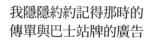
我隱隱約約記得那時的
傳單與巴士站牌的廣告

WE
連繫・蛻變・新觀塘
Transform
NEW KWUN TONG

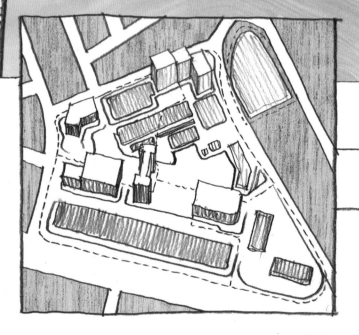

都是觀塘重建之後的規劃藍圖。

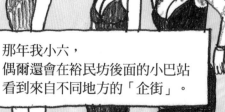
那年我小六，
偶爾還會在裕民坊後面的小巴站
看到來自不同地方的「企街」。

我住過幾年的宜安街和裕民坊
僅隔了兩條街，恰好就不在重建的範圍。

假如市中心重建完成，
重新規劃要再等十二年。

那時沒有人會想過，
觀塘除了兀突地多了幾棟高尚住宅外，
其實並沒有什麼大變。

我也不太記得當時家裡的大人
到底是慶幸還是可惜

那時我正在忙著升中考試。

宜安街有幾間龍蛇混雜的海鮮菜館、

幾間不斷易手但似乎都是
同一批人在經營的飛髮鋪、

直通荃灣的通宵小巴站、

一間成績不錯但經常傳出
老師虐待學生的天主教小學

和一個規劃失敗導致人流極少
而且冷氣過大的小型街市。

要說有什麼特別的話，就是這條街上有多達四間的蛇羹店。

我母親特別愛吃蛇羹，
冬天幾乎每個星期都要吃一次。

四間蛇店裡，
她最喜歡去叫娟姐的中年女人
開的那間，說那裡料多而且新鮮。

娟姐聲線沙啞，
每次經過都會很熱情地叫賣：
「滋補蛇羹，四十蚊一碗……」

一碗蛇羹由蛇肉、雞耳、
木耳、川芎煮成，
附送一碗黑漆漆的蛇湯。

份量不多，價錢不便宜，
味道其實也只是尚可而已

但每到冬天這裡就會有
形形式式的人來「滋補」一下。

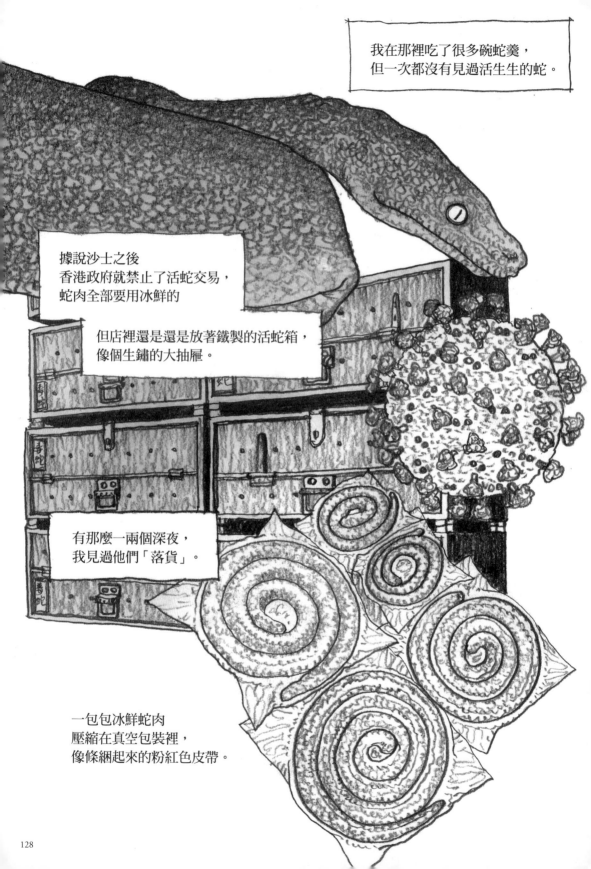

我在那裡吃了很多碗蛇羹，
但一次都沒有見過活生生的蛇。

據說沙士之後
香港政府就禁止了活蛇交易，
蛇肉全部要用冰鮮的

但店裡還是還是放著鐵製的活蛇箱，
像個生鏽的大抽屜。

有那麼一兩個深夜，
我見過他們「落貨」。

一包包冰鮮蛇肉
壓縮在真空包裝裡，
像條綑起來的粉紅色皮帶。

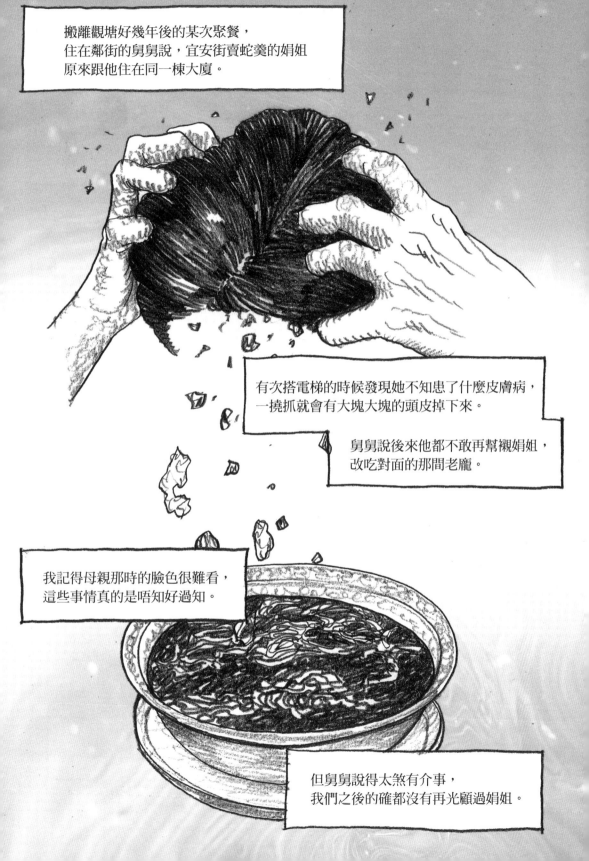

搬離觀塘好幾年後的某次聚餐，
住在鄰街的舅舅說，宜安街賣蛇羹的娟姐
原來跟他住在同一棟大廈。

有次搭電梯的時候發現她不知患了什麼皮膚病，
一撓抓就會有大塊大塊的頭皮掉下來。

舅舅說後來他都不敢再幫襯娟姐，
改吃對面的那間老龐。

我記得母親那時的臉色很難看，
這些事情真的是唔知好過知。

但舅舅說得太煞有介事，
我們之後的確都沒有再光顧過娟姐。

娟姐辛勤工作，
但卻一輩子都沒有離開過觀塘。

報導連她二仔小時候與蛇同住一屋，
被蛇仔咬的過程都寫得很細緻。

觀塘重建後，
她們被逼從裕民坊一帶
搬到宜安街附近重新經營。

Yee On Street
32-16 宜安街 8-2

透過那篇採訪，我才重新認識娟姐
和她那些見過很多次的家人。

很多年前無線電視
曾在深夜時段播放過一套
叫《奇幻潮》的靈異故事劇集。

我一直記得其中一集的內容。

父母因為火災離世。

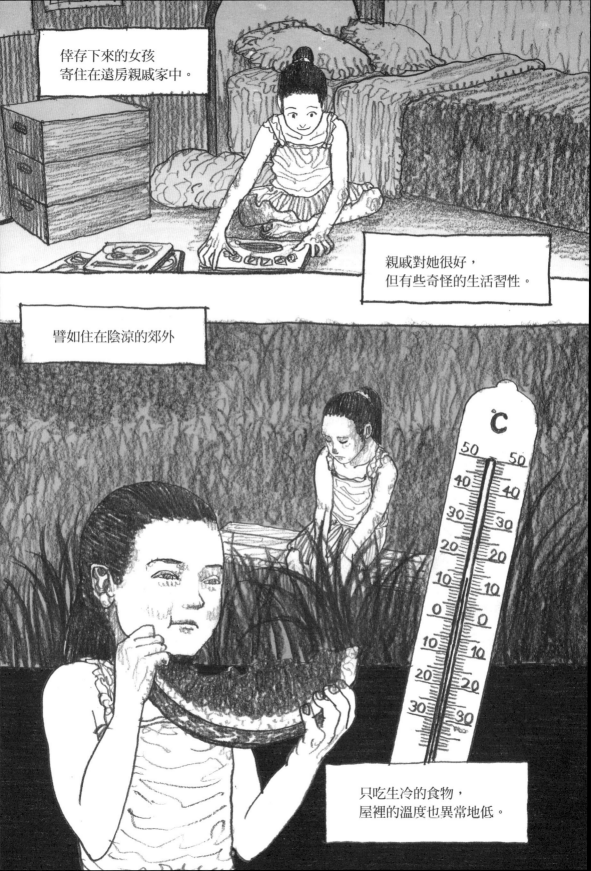

女孩愈想愈覺得不妥，
最後才發現原來這個「遠房親戚」
是蛇妖化身來尋仇。

因為女孩父母經營蛇羹店多年，
宰殺過不少蛇。蛇於是籠子裡爬出來，
放火燒死他們…

並打算將他們的女兒
最終也養成一條「人蛇」。

畫面最後那幕，女孩伸出分叉的蛇舌，
舔了一下嘴角，瞳孔逐漸變成深綠色……

很多年後的某個下午，
宜安街發生了一宗很大的火災，
火大到整條街都感受到熱氣。

黑煙從那些僭建的房子裡冒出，
消防車始終沒有到來。

我急忙跑到蛇羹店，

見到娟姐邊煮蛇羹，邊撓著頭皮，
銀色的細屑片一塊一塊，
緩慢而刻意地掉進鍋裡，

和蛇肉、雞耳、木耳、
川芎攪混在一起。

娟姐舀起滿滿一大碗，
又開始她沙啞的叫賣：
「滋補蛇羹，四十蚊一碗⋯⋯」

我逐漸了解到「觀塘重建」，
也許只是個殘缺的文法：未來未完成式。
舊觀塘像塊要蛻不蛻的死皮，
始終緊緊地包裹著光鮮而濕潤的鱗片。

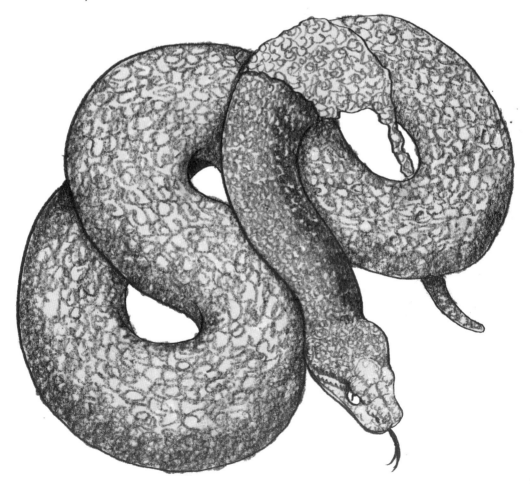

若干年後我在台灣的新竹市讀書。

大學宿舍附近有座十八尖山，據說夏秋之交，蛇特別多。

舍監告訴我們要小心不要往草叢區域走，因為真的會被咬，還給我們看蛇的海報，教我們辨認兩傘節、百步蛇和鎖鏈蛇，被咬傷後應該如何做急救。

身邊有幾個聽不下去的男生說，
不確定有沒有蛇，
但宿舍裡的魯蛇肯定有一大堆。

"Hello Loser!"

有時我經過草叢，
會聽到微弱的嘶嘶聲，

我想我是渴望見到蛇的。

我後來搬離宿舍，
現在住的地方仍然很接近十八尖山，
但仍舊一次都沒見過活生生的蛇。

我的意思是，那種會蛻皮，會吐信子，
在地下滑動時會有嘶嘶聲的蛇。

〔鼠〕

原著／梁莉姿

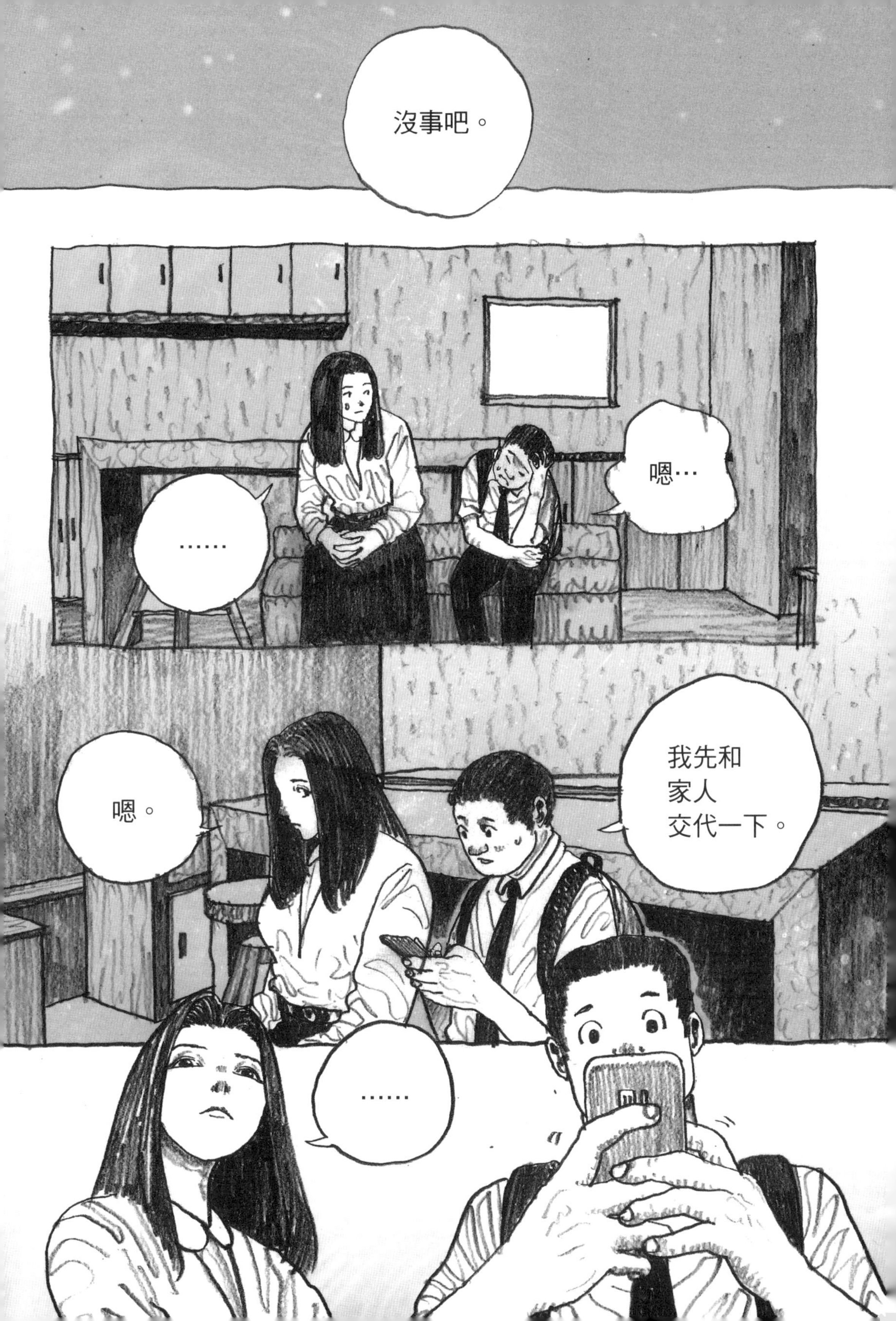
沒事吧。
嗯…
……
我先和
家人
交代一下。
嗯。
……

那男孩拿出手機螢幕對她說：

「我有女朋友了」

那女孩從螢幕的反光倒影看見自己

還以為是種暗示，開心得不得了。

那男的看見女孩一臉感動的嘴臉，發現不對勁。

後來男的發現
手機是黑屏的⋯
然後大叫：

「媽的國產電話
又死機了！」

噗哈哈！

？

嗯…。

那你自己
小心囉。

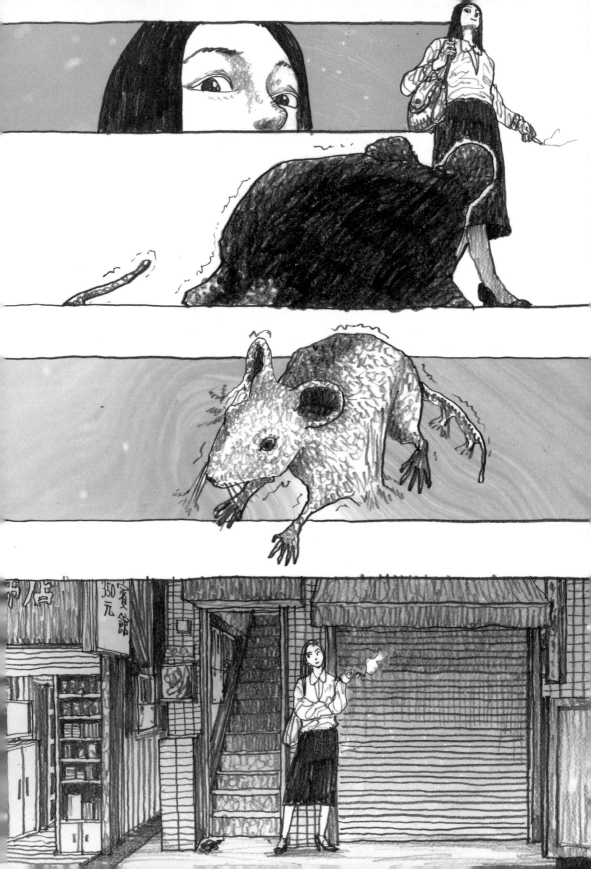

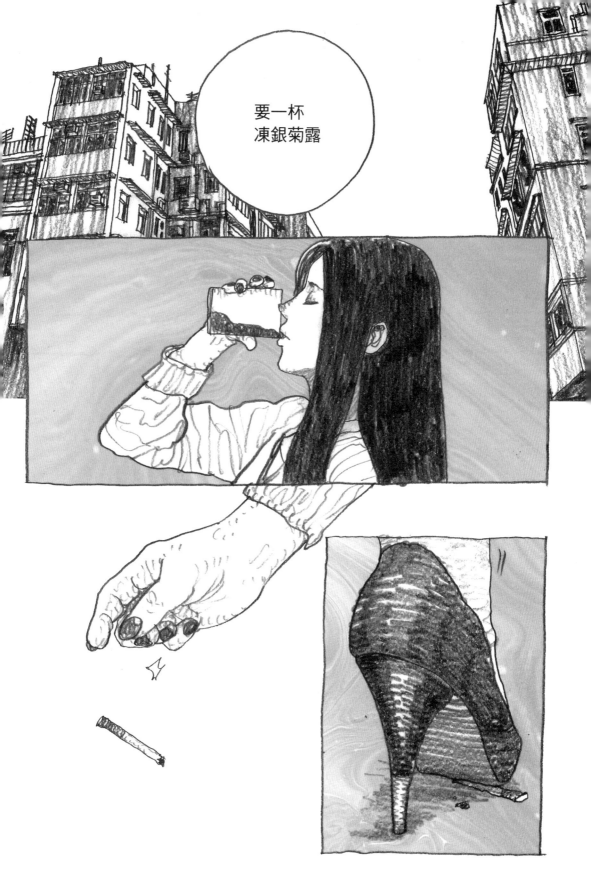

明微一口氣灌光凍銀菊露，
撣了煙灰，丟了煙蒂，從手袋裡拿出
一對膠拖鞋，換去那尖狹的上班用高
跟鞋，才走進對街一幢舊式唐樓中。

鈴鈴鈴鈴

我回來了。

外賣
買好了。

他是林懷，
是明微的男朋友。

她跟林懷搬到深水埗
大概三個月。

明微自幼住在錦田村屋，
父親是原居民，但她是女孩兒，
丁權自然落在弟弟上

她跟家裡關係不怎麼好；

林懷在樂富的公屋長大，
家裡是開放式裝潢，沒有房間

只有幾塊布簾和雙層床。

二人唸 IVE 時認識，畢業後半年
住不慣家裡，想擁有小空間之餘，
也想儲錢。

每個週末的拍拖活動便是看樓盤，
左挑右選，
最後敲定深水埗荔枝角道
唐八樓一個小套房，

有獨立廁所，
另可安裝電磁爐煮食，
月租四千元，水電另算。

明微沒吃過苦，縱然家庭關係鬆散，
但在成長過程裡，
該給她的可一分毫也沒有少。

因此當她宣布要離開家裡，
跟小情人獨立生活時，
家裡人都聳聳肩，沒把這當作一回事，
還小瞧她沒準一個月便會哭著跑回家。

明微自尊心向來那麼高，
氣得跺腳說我才不會回來，少瞧不起人！

林懷在旺角一家公司做 Digital Marketing，
邊做邊找工作，
騎牛找馬一樣尋求上流機會；

明微沒甚麼大志，
租了深水埗後才在附近補習社找了
份名涵為「市場推廣經理」，實則
與褓姆無異的混日子性質工作。

每天晏十二晚九，
先照顧上午校放學的小學生，
二至四時是吃飯時間，
四時後再招呼全日制中小學生，

在密麻的 excel 格子中點名，
並向每個接孩子的家長推銷其他科目補習班，
每成功推介一個可加薪三十元正，
逐月累積制。她想這「推廣」真廉價。

Excellent Job

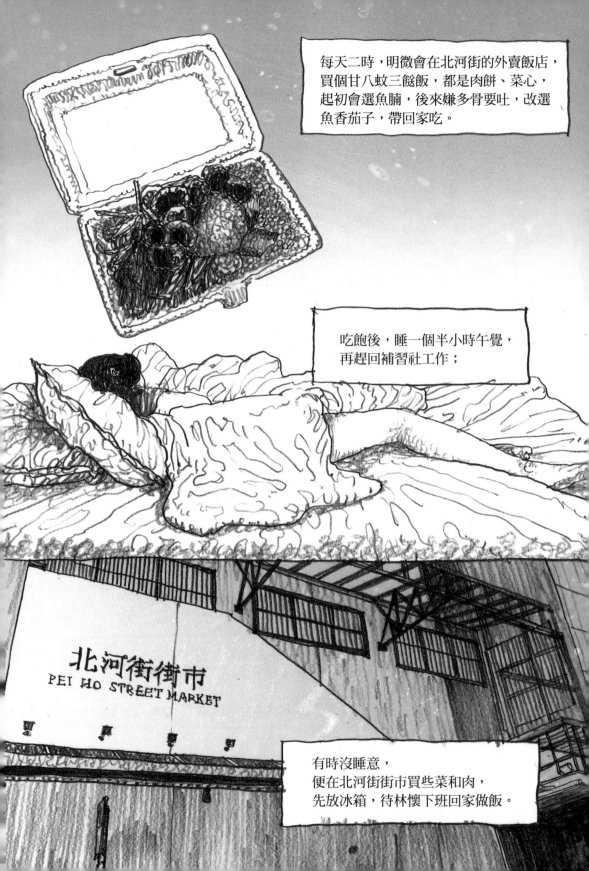

每天二時，明微會在北河街的外賣飯店，
買個甘八蚊三餸飯，都是肉餅、菜心，
起初會選魚腩，後來嫌多骨要吐，改選
魚香茄子，帶回家吃。

吃飽後，睡一個半小時午覺，
再趕回補習社工作；

北河街街市
PEI HO STREET MARKET

有時沒睡意，
便在北河街街市買些菜和肉，
先放冰箱，待林懷下班回家做飯。

明微自幼吃的飯都是傭人姐姐做的，
完全不懂烹調；倒是林懷在家裡是
大哥，常得做飯給弟妹吃，
一飯兩餸一湯自然難不倒他。

每天下班後，她撐了八層樓梯，
以鑰匙打開鐵閘時…

每晚十一時多後，
這家廿四小時營業的快餐店
便會多出許多露宿者或無處可去的人們，

他們大多獨自坐在廂座，
支著腮或乾脆趴在桌上，
跟前放一杯只餘一口的奶茶，或汽水，
旁邊塞著拐杖或放滿雜物的手推車，
像矮塌的城塔。

他們是這空間的小小寄存者。

後來明微學聰明了，每天上班時除了打瞌睡，
還先用補習社的網絡下載電影和網劇，
待回到八樓，再跟林懷一起躺在床上看。

回去時北河街的午夜墟已開了，
兩道擺滿地攤，想得出的都能出售。

小如耳機、充電線、飾物⋯

大如電視機、床、衣櫥，
怪奇如喝過一半的威士忌、
別人的結婚禮物、寫有名字的一箱千羽鶴⋯

因為那套房是僭建的，建築材料不濟，
天花板在下雨時會滲水，
牆上的磚粉因常年泡水而剝落。

連接馬桶的水渠老舊殘破，
每次沖水總會滲出污水和一陣惡臭。
於是明微不能再睡午覺了。
她連忙把膠桶移至天他板滲水位置下、
拖地、塞毛巾於廁所門縫等等…

她知道林懷工作忙碌。
亦幸好她是樂天知命的傻大姐，
工作與褓姆一樣毫無意義，
所以她可以好好打理家裡的事。

有時陽光不錯，
明微會走到九樓，爬鐵梯上小天井。
這裡的天台沒有圍欄，
可以坐在大廈樓頂邊緣，晃腿抽煙。

大廈間建得緊貼彼此，能和鄰座窗戶裡的人打個照面。

她俯視街上密接如拼圖塊的人們，
匯成一陣蠕動的潮，
彷彿要把窄小的街道吞掉一樣，

天台有幾個貓食盤，
有時會有幾隻流浪貓跳來吃糧。

瞳孔在光線照射下劃劃成兩道長針，
金黃金黃的。滿懷戒心的貓吃完糧，
便立馬跳到旁邊大廈的晾衣架下。

明微告訴自己，她適應得很好。

她已進去了呢。

實際上，從明微身處的角度，她能看得見女孩。
女孩走往下一層梯問撿她灑下的貓糧。
明微不想太多事，她想迴避關懷別人這種事。
因為會憶起被關懷的恥辱。她只想馬上回家。

唉呀，女呀，
快去房間
拿些膠紙下來。

——這時，熟悉的聲音在梯間出現。

媽媽無心的提問，
令明微想起第一次在這裡遇見老鼠。
那是在一樓閣樓門口。

兩三隻幼鼠和幾隻蟑螂躺在其中，
亟欲掙扎。排泄物僵固地粘在膠
上，好像小時候玩過的樂高積木，
在版塊上一直堆疊。

其中一隻的小眼珠子扯掉了，
如同一顆嫩滑的魚子。

隔天下樓，
她看見三隻死僵的鼠。

當時她怕極了，
她告訴自己沒事。

後來，
她仍會看見其他老鼠。

有窗外爬進來的、爬水管的、
梯間出現的，還會撞上她的腿。

但她告訴自己，
林懷工作忙碌，
她是樂天知命的傻大姐，

工作與保姆一樣毫無意義，
沒事，沒事。

現在的她已經學會一招，
就是經過每層樓時都先停下，
提著鑰匙串晃晃。

她好像那些孤兒院內的褓姆般，搖搖響鈴，
孩子便知道要吃茶點一樣跑走。

鼠們聽得聲響，
先在幾層樓前慌忙逃命，
她心下才稍稍舒一口氣。

〔幸福與詛咒——致屯門河傍街〕

原著／周漢輝

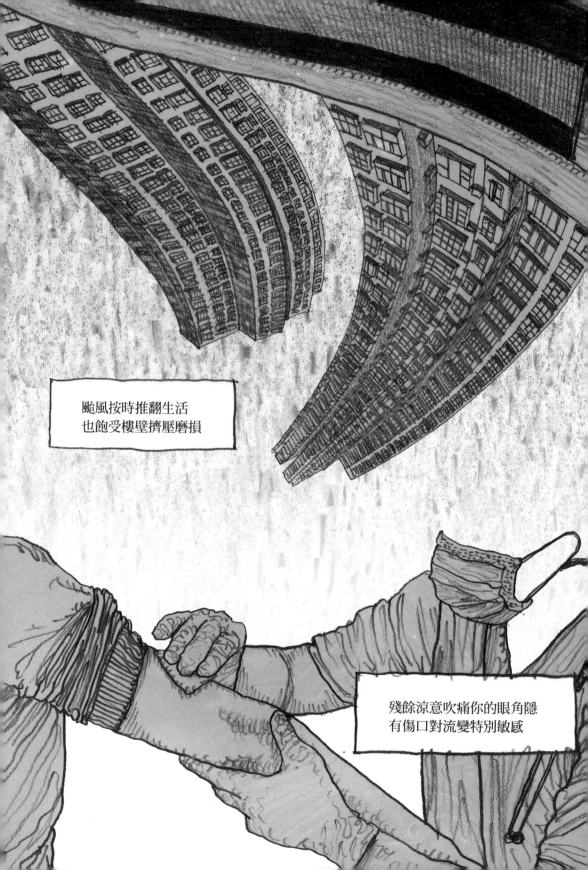

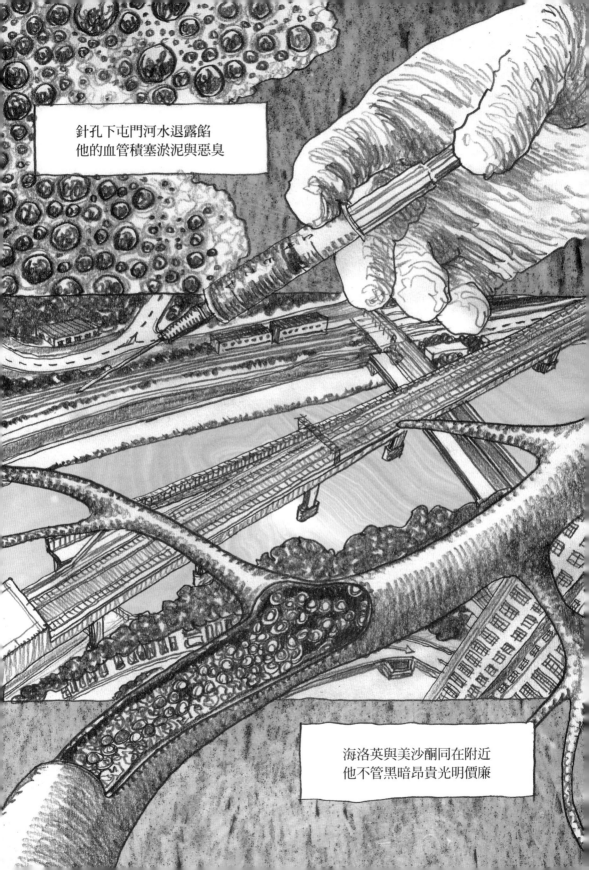

針孔下屯門河水退露餡
他的血管積塞淤泥與惡臭

海洛英與美沙酮同在附近
他不管黑暗昂貴光明價廉

河傍街一邊鄰接政府診所
一邊帶你和妻談起去年風季

妻還在另一區診所兼職
風假中你冒風雨伴送上路

八號風球或黑雨下照常開放
男女老少照常排隊領毒藥止癮

沿街撐傘俯望河道偶想有沒有
兩岸住家包含你倆的排泄物

街頭西鐵站尚待恢復通車
街尾麥當奴晝夜聚眾像聖堂

你倆跟他一樣喜好黑暗
想起來倒沒有相逢於戲院

巴黎倫敦紐約米蘭戲院
散場門口開向屯門河潮汐

漲潮時記憶看過夢裡套夢
潮退了忘不了蟲洞與時差

河傍街一直與鄉事會路相交
貨車在此撞倒偕母過路的孩子

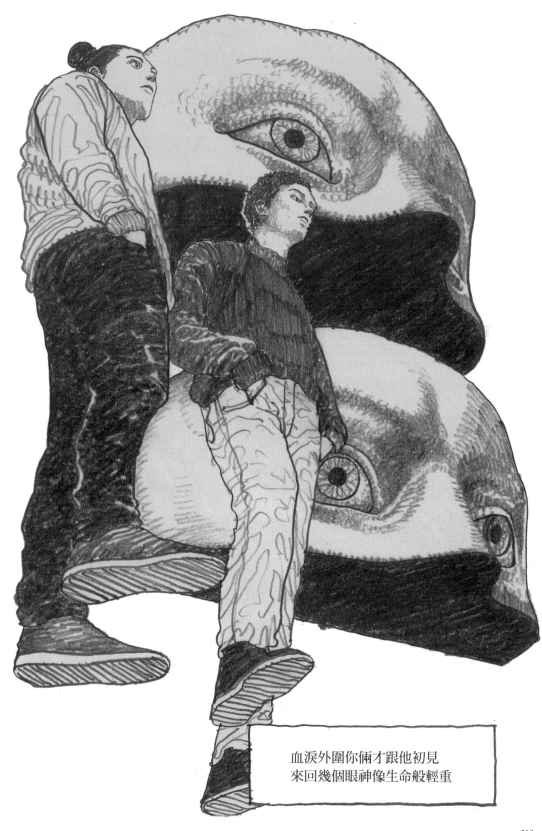

血淚外圍你倆才跟他初見
來回幾個眼神像生命般輕重

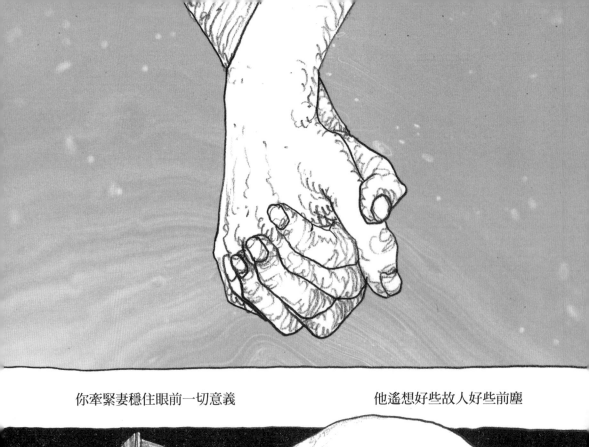

你牽緊妻穩住眼前一切意義　　　　　　他遙想好些故人好些前塵

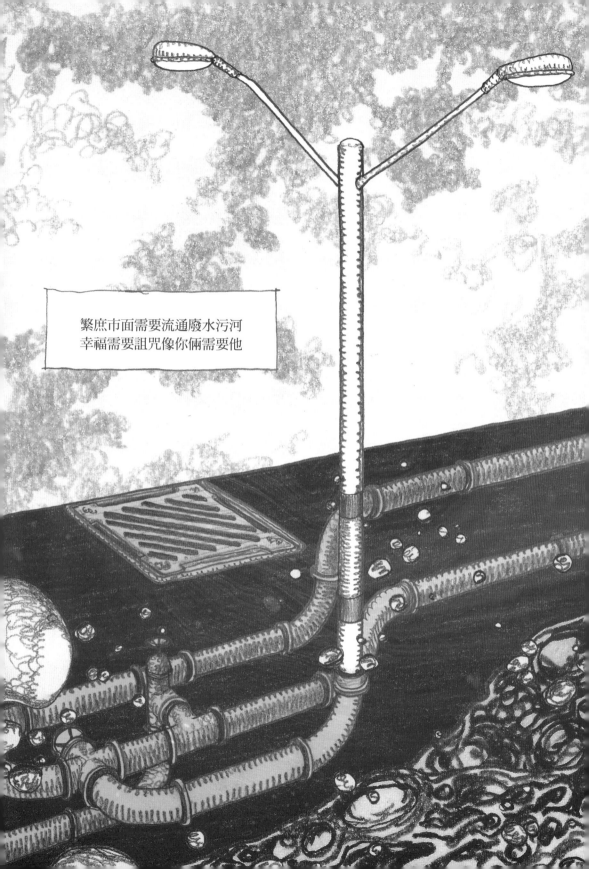

繁庶市面需要流通廢水污河
幸福需要詛咒像你倆需要他

他似乎不知道你倆住在樓下
你倆大概不知道他獨居樓上

西鐵站吸煙處在上層露天平台
你倆工餘遁走一角呼吸天然風

香燭燒盡鮮花萎碎在腳步間
河上白鷺振翅至溶入血紅浮霞

〔呼呼青山道青山公路〕

原著／鄧阿藍

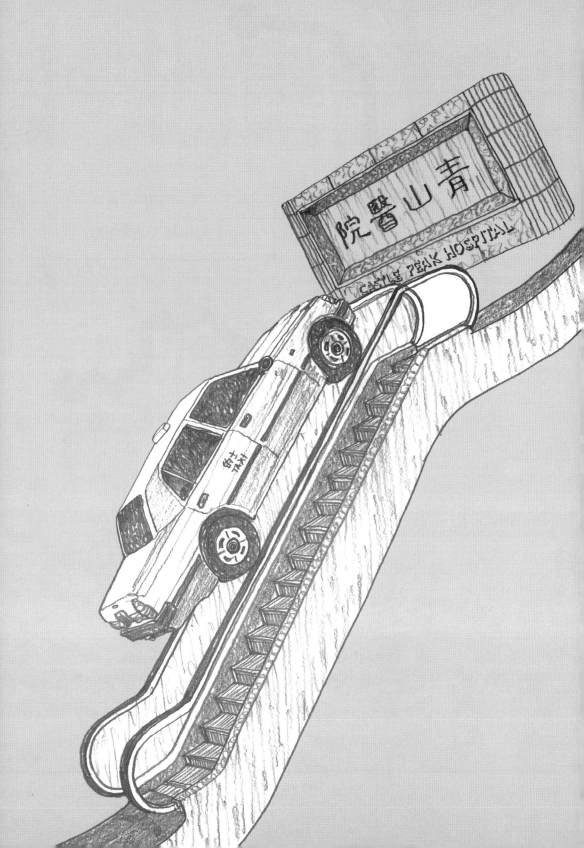

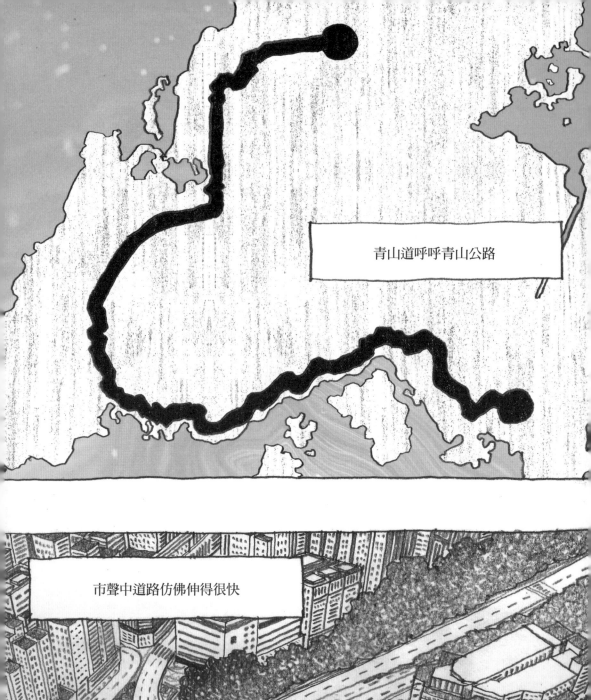

青山道呼呼青山公路

市聲中道路仿佛伸得很快

有的路人行著牛步

一架路政署的油漆車

卻在路面塗成快線

失意人在繁盛城
沾染了車線的白漆色

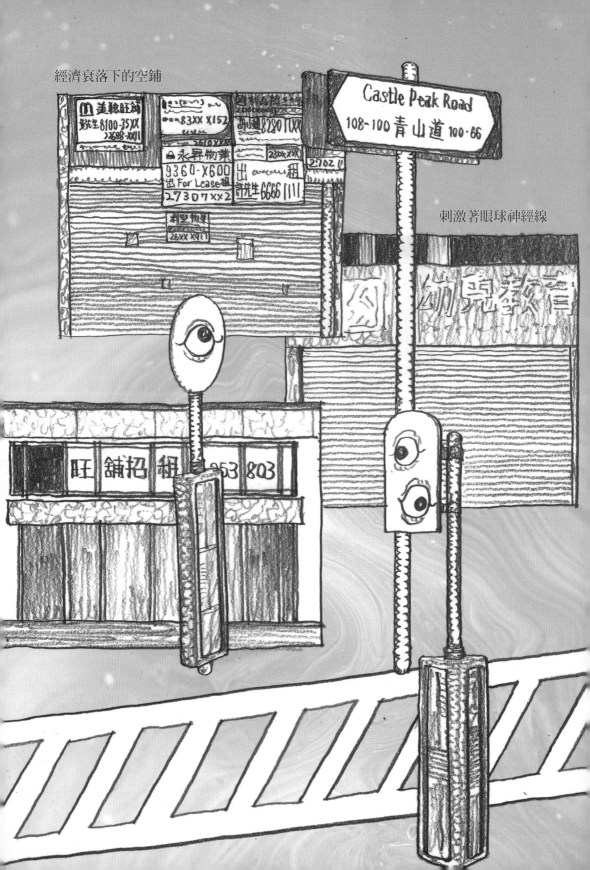

皇冠遊戲机

GAME CENTRE

商店的幻彩燈映射街道
嚴重貧血的人面
令人惶恐好多街頭行人染白了

匍著地上的彩色光

表情發愣爬得遲鈍

好像患了風土精神病

車輛行駛急速

呼呼青山道青山公路

一架路政署的油漆車

並不塗出停車站

拉緊了人腦的繮繩

未出現的總站

Castle Peak Road-Ting Kau
青山公路-汀九段

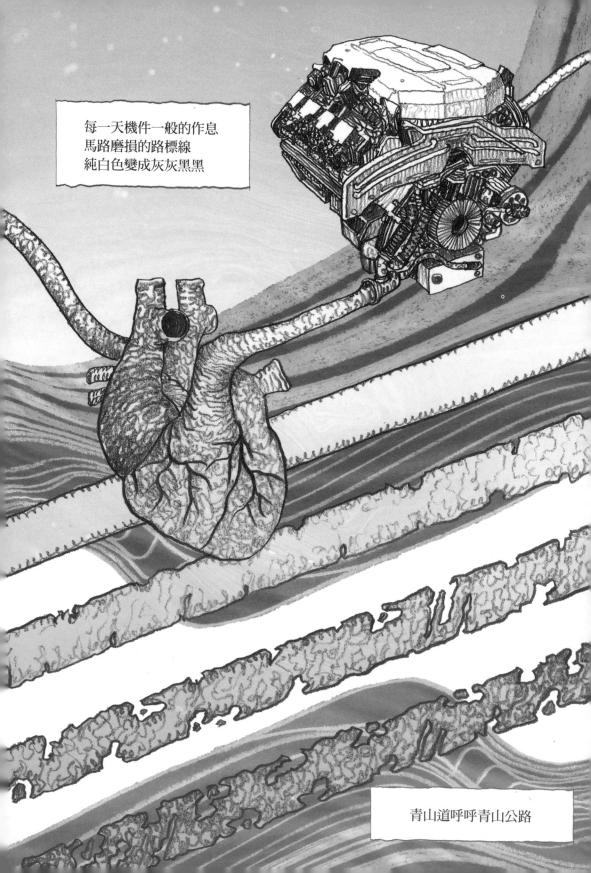

每一天機件一般的作息
馬路磨損的路標線
純白色變成灰灰黑黑

青山道呼呼青山公路

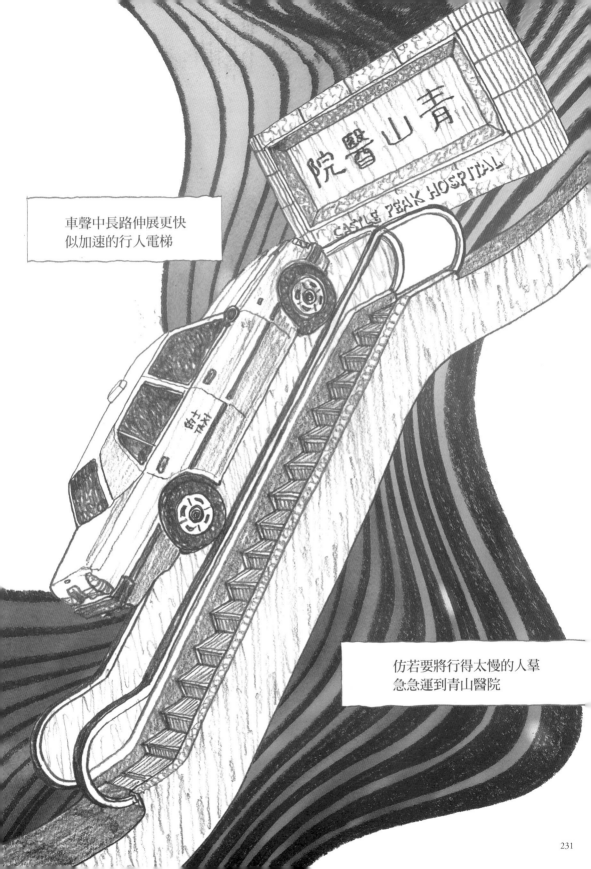

車聲中長路伸展更快
似加速的行人電梯

仿若要將行得太慢的人羣
急急運到青山醫院

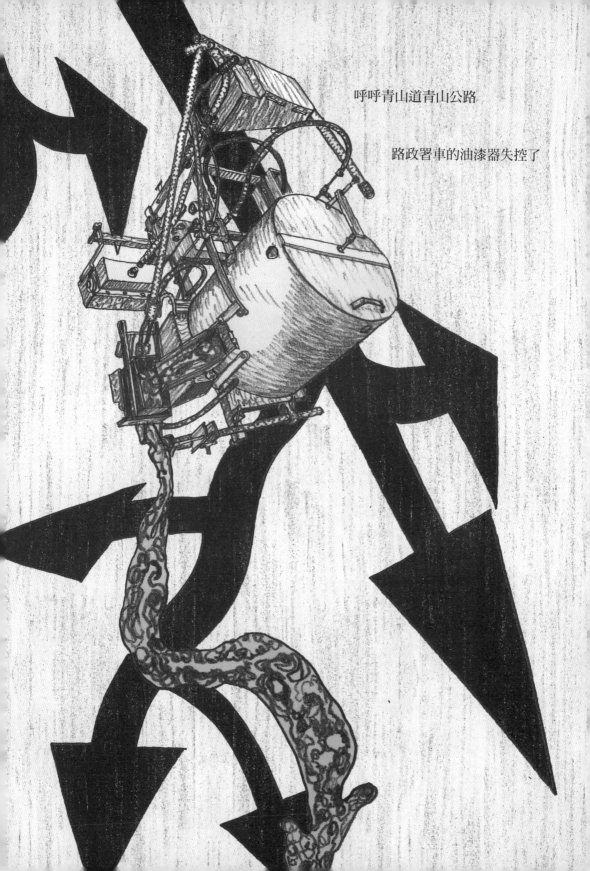

呼呼青山道青山公路

路政署車的油漆器失控了

只能塗上長長長長的快線
青山道呼呼青山公路
呼呼青山道青山公路

柳廣成 | 後記

　　我最耗費力氣去探索香港的手段竟然不是用走的，而是用 google map。

　　自 2012 年我不再與父母同住後，因為受不起香港的房東喜歡每年加租的奇葩傳統，便四處搬遷。我於 2021 年離開香港，在這十年間換過七個地方住，能簽兩年租約就簽兩年，因為可以連續兩年租金同價。搬遷在此前早已是我生命的一部分，而且更嚴峻。對我而言，那十年實際上就是樓下 7Eleven 遠了或近了，老麥還是賣著一樣的套餐，旁邊依然是領匯開的商場，每次搬遷都是換湯不換藥。十年來有打過些散工，但八成時間還是 home office，不曾有興緻去耗一堆美國時間探索什麼新社區。生活上因此十年如一。

　　我心態上或許像書中其中一篇《鼠》的明微一樣，總以「毫無意義」來說服自己面對生活的各種荒誕與苦難。我不曾願意相信各社區的空間於我而言是有任何意義的。我當然相信各社區的獨特性是存在的，但不曾嘗試與自身產生什麼

234

連結。因為對我而言，一切居住的空間都總是臨時性的。這觀念深植我心的原因，或許是因為父母在我年少時總是帶著我四處走，而每次的搬遷與離別都是突如其來的，我不曾有機會作任何心理準備。

　　自童年時期突然被家人帶離日本，我便深刻地認為，與地區建立太多記憶與感情徒增傷害。於是告訴自己就算跟父母來到香港，也不要太多自作孽，反正爸媽突然哪天又說要帶我去哪。哪怕他們突然跟我說要去北韓，我也不會有半點意外。後來過了十八歲大關後，我就至少確定爸媽應該是要在香港定下來了，後來就是首段為省錢而持續搬遷的故事了。

　　說起來，香港人口中「返鄉下」這潮語對我而言具很微妙的意義。

　　「返鄉下」一句，指的是去日本旅遊，「鄉下」某程度算是一種戲稱。日本對普遍香港人而言可謂極樂世界，是讓他們暫時脫離煩囂現實的臨時隔離空間。但明明他們最愛去的東京，在生活上比起香港還高壓（我是這麼認為），他們卻寧願擠乾本來就不多的假日、還花二十趟的士錢山長水遠遊玩。或許因為日本是與香港人的生命無直接關係的空間，在這空間裡，他們可以暫時登出現實的人生遊戲，並視日本為淨化心靈的臨時空間。他們拿著香港護照和身份

證說「返鄉下」，卻成了香港人的當代集體潮語。而真正更有資格聲稱日本為「鄉下」的我卻反而顯得自己更像是「返鄉下」這梗的挪用者。

對我而言，「我香港我街道」這個「我」與「返鄉下」在語境意識上同樣微妙。「我」與「返鄉下」在字眼上都具「自身所屬的認同感」意涵，然而「返鄉下」因歷史帶給他們集體的身份認同焦慮加持下，令這個單純的潮語更添耐人尋味的解讀。

同樣地，或許我在作為改編者角色的加持下，我同樣察覺「我」與我存在著微妙的距離，在語境意識無法全然重疊。「我」不真正是我，我是每個作者——「我」的轉譯者；我不是第一人稱的「我」，我是代入每篇文章改編原著、繪製漫畫的他者。而香港明明是我人生中住得最久的地方，卻因遷移的慣性而不願種下甚麼情感與記憶。面對香港那些一個又一個擦身而過的、被我視作臨時空間的大街小巷，我確實也沒法挺起胸膛說出香港與那些街道是「我的香港與我的街道」。

我深信自己此時此刻並非刻意拉開我與香港的距離，寫得自己像是個抽離於身份認同的世界公民；而是我需要靠著 google map 來完成「我香港我街道」

的這點事實，確實更說明了些甚麼。原因之一當然包括因為我不會回去香港，其二是發現自己真正認真花時間探索香港的原因竟是因為一部改編作品，而探索的手段竟是 google map，而非記憶。

　　雖說住過香港各區，但對於書中原文的各大街小巷，我大致都只有走馬看花的模糊記憶與印象，稱不上深刻。文筆當中對於地區環境的描述與刻劃大致是細緻的，使我更需要大量參考圖片的協助。每篇文章的改編總以 google map 網站作為起點，把視窗右下角的橙黃色小人 icon 拉出來，再丟進某條街。

　　當初因為不想與地域產生不必要的情感，使我在哪天產生甚麼傷感。我記憶中的香港街道與街景都是混濁不堪的，而記得最清楚的，反而是一些社會事件。記得不清不楚的，我說不出，記得清清楚楚的，我不能說出。關於那些記不清的，我需要 google 佐證，google 原來有時比記憶更可靠。

　　這就是我的「我香港我街道」了。

2024 年 6 月 12 日

原作者簡介

王樂儀

王樂儀，為青年學者，香港浸會大學人文及創作系研究碩士畢業，現為阿姆斯特丹大學文化分析學院博士候選人。曾獲全球華文青年文學獎二等優秀獎。王二零一四年開始寫詞，合作歌手包括許廷鏗、黃淑蔓、per se 等，包辦王嘉儀及黃妍專輯的中文歌詞。同時為專輯 creative project director。參與不同劇場包括浪人劇場、風車草劇團的歌詞創作，亦為迪士尼作品《魔海奇緣》、《反轉極樂園》寫詞。

周漢輝

周漢輝，詩人、作家。畢業於香港公開大學（現為香港都會大學），以「香港公屋詩系」為代表作。曾獲香港、台灣兩地多項文學大獎，包括二〇〇八年香港第三十五屆青年文學獎，二〇一〇年第十三屆台北文學獎、二〇一二年第二屆新北文學獎，二〇一四年香港藝術發展獎—新秀獎（文學藝術），二〇一八年應邀至美國愛荷華大學參與國際寫作計劃，二〇二〇年詩集《光隱於塵》獲得香港文藝復興純文學獎，二〇二三年臺北詩歌節受邀重點詩人。著有《長鏡頭》（2010）、《光隱於塵》（2019）、《地納於心》（2023)三本詩集。

洪昊賢

一九九三年生，現時留學台灣。香港浸會大學創意及專業寫作文學士，國立清華大學台灣文學研究所碩士生。曾獲第四十屆台灣時報文學獎影視小說組首獎，2020 年香港中文文學創作獎小說組第二名。作品散見香港及台灣的文學雜誌及報章。

梁莉姿

生於一九九五年香港，畢業於香港中文大學中國語言及文學系。寫詩、散文及小說，著有《日常運動》、《樹的憂鬱》及詩集《雜音標本》等書。曾獲第六屆台積電小說賞及入圍臺北國際書展大獎小說組（2023）。作品譯有英文及法文版本。現就讀國立東華大學華文系研究所（創作組）。願想繼續書寫香港。

黃裕邦

黃裕邦，香港詩人、譯者、視覺藝術家，英語詩集 Crevasse（Kaya Press）曾獲蘭布達文學獎男同志詩歌組別首獎（Lambda Literary Awards in Gay Poetry），另著有 Besiege Me（Noemi Press）。

楊彩杰

Sabrina Yeung，巴黎索邦學院法國文學及比較文學博士。

蔡炎培

1935 年生於廣州，戰前移民香港，1954 年開始創作之路。他是香港早期最重要詩人之一。曾主編《中國學生週報·詩之頁》，於《星島日報》撰寫專欄「碎影集」，任職《明報》副刊編輯等。他一生創作詩歌逾五百首，著有多本詩集及小說集，憑詩藝和個人魅力啟發了不少後來的作家，2003 年曾經被提名諾貝爾文學獎，香港電台製作的華人作家特輯及不少報刊媒體都曾經專題介紹過他。

鄧阿藍

一九四六年生，原名鄧文耀，曾任職工廠工人、的士司機，六十年代開始創作，著有詩集《一首低沉的民歌》等。六十年代曾參加文社活動而開始寫作投稿文社，七三年獲第二屆青年文學獎新詩高級組獎項，詩作曾發表 在《70 年代雙週刊》、《秋螢詩雙月刊》、《中國學生周報》、《大拇指》、《詩風》、《素葉文學》等等，並曾在《工人周報》、《年青人周報》、《星島日報》等撰寫專欄。

國家圖書館出版品建議編目(CIP)資料

我香港，我街道／柳廣成 繪圖、原著／王樂儀、周漢輝、洪昊賢、
梁莉姿、黃裕邦、楊彩杰、蔡炎培、鄧阿藍.——初版.——
臺北市：遠足文化事業股份有限公司，2024.07
　　冊；公分.——

　　ISBN 978-626-98123-4-9 (平裝)
　　1. 漫畫

我香港，我街道 （漫畫版）——微物情歌

漫畫｜柳廣成
原著｜王樂儀、周漢輝、洪昊賢、梁莉姿、黃裕邦、楊彩杰、蔡炎培、鄧阿藍
責任編輯｜鄧小樺
執行編輯｜余旼憙
企劃協力｜陳怡靜
編輯顧問｜朱晏紅
封面設計｜朱疋
內頁排版｜周孟璇

出　　版｜二〇四六出版／一八四一出版有限公司
發　　行｜遠足文化事業股份有限公司 （讀書共和國出版集團）
社　　長｜沈旭暉
總編輯｜鄧小樺
地　　址｜ 103 臺北市大同區民生西路 404 號 3 樓
郵撥帳號｜ 19504465 遠足文化事業股份有限公司
電子信箱｜ enquiry@the2046.com
Facebook ｜ 2046.press
Instagram ｜ @2046.press

法律顧問｜華洋法律事務所 蘇文生律師
印　　製｜博客斯彩藝有限公司
出版日期｜ 2024 年 07 月初版一刷
定價｜ 450 元
ISBN ｜ 978-626-98123-4-9